Esposa Submisa

Erika Sanders
sèrie
Dominació i submissió eròtica

Sinopsi

Rachel i Roger és una parella normal que porten vint anys de matrimoni.

Els seus fills ja són a la universitat pel que viuen sols a casa.

Però el marit no està satisfet amb les seves relacions sexuals que les troba avorrides pel que decideix que haurien acudir als consells d'una molt particular consellera matrimonial.

Qui és aquesta consellera matrimonial que Roger especialment recomana a la seva esposa per millorar les seves ... tècniques sexuals?

Esposa Submisa és una novel·la de fort contingut eròtic BDSM i, al seu torn, una nova novel·la que pertany a la col·lecció Dominació Eròtica, una sèrie de novel·les d'alt contingut BDSM romàntic i eròtic.

(Tots els personatges tenen 18 anys o més)

Nota sobre l'autora:

Erika Sanders és una coneguda escriptora a nivell internacional, traduïda a més de vint idiomes, que signa els seus escrits més eròtics, allunyats de la seva prosa habitual, amb el seu nom de soltera.

índex

ESPOSA SUBMISA
ERIKA SANDERS

PRIMERA PART:
20 anys de matrimoni

CAPÍTOL 1

Va ser una altra nit de sexe insípid.

Però cap dels dos es va queixar.

Després de 20 anys de matrimoni, el sexe s'havia convertit en una rutina més que qualsevol altra cosa.

Rachel va tornar al llit després de rentar-se entre les cames.

Va apagar la llum, es va ficar sota els llençols i es va ficar al llit al costat del seu espòs.

"Això va ser encantador", va dir.

"Ho va ser", va respondre Roger. "Una mica millor des que els nois que van a la universitat, oi?"

Ella el va empènyer amb el colze.

"Quina cosa tan horrible dius".

"Però has de admetre que és bo que ja no haguem de mantenir les coses en silenci. I podem deixar la porta oberta".

Rachel va pensar per un moment.

"Suposo que sí. Però, tot i així, els estrany molt".

"Jo també."

Ella va tancar els ulls.

"Bona nit."

"Bona nit, afecte", va respondre ell, besant-la al front.

CAPÍTOL 2

El dia següent va ser un dia de treball típic per Rachel.

Era comptadora d'una signatura de comptabilitat de nivell mitjà.

Amb el recent creixement econòmic al centre de la ciutat, tenia molta feina a fer per als nous clients.

Durant el dinar, ella va menjar amb el mateix grup de dones que havia menjat durant els últims anys.

Van parlar sobre els seus temes habituals: xafarderies, notícies d'entreteniment, família, els seus fills, noves receptes, etc.

Totes eren millors amigues i sempre gaudien de la companyia de les altres.

Eren gairebé les sis de la tarda quan Rachel va arribar a casa.

L'acte de Roger ja era al camí d'entrada.

Quan va entrar a la casa, aquesta estava particularment tranquil·la.

Roger solia dir ràpidament "hola".

Ella el va anomenar, però no va obtenir resposta.

Quan Rachel va entrar a la cuina, un parell de braços van embolicar el seu cos des del darrere.

Les mans li van tocar el pit lascivament.

Ella va cridar en veu alta.

"Està bé!" va dir, deixant-la anar. "Sóc jo! Sóc jo!"

Ràpidament es va donar volta per veure una mirada atònita a la cara de Roger.

Clarament no esperava que la seva dona reaccionés així.

"Déu! Roger! No tornis a espantar-me així mai més!"

"Volia sorprendre't".

"Com va ser això una sorpresa?" ella es va enfurismar. "Em espantat a la llum del dia. Vaig pensar que m'estaven atacant!"

"Em sap greu. Només estava tractant de ser romàntic".

"No hi ha res romàntic a ser tocada d'aquesta manera".

"Ho sento. No ho tornaré a fer".

Rachel es va prendre un moment per calmar-se.

"No vaig voler enutjar tant. És només que, si us plau, sigues una mica més considerat amb els teus sorpreses, d'acord?"

"Ja no ens divertim. Ho has notat?"

"Si us plau, Roger, no estic d'humor per això en aquest moment".

"Està bé", va assentir ell derrotat.

Rachel es va girar i va anar a l'habitació a canviar-se de roba.

Es va asseure al llit i va sospirar.

CAPÍTOL 3

A l'endemà.

Rachel estava davant de l'ordinador fent la seva feina de comptabilitat.

Va sonar el telèfon.

Era el seu espòs.

Ella va respondre a la crida, i quan Roger li va dir que era important, ella va dir que esperés un moment mentre sortia al carrer per tenir més privacitat.

Es va preguntar de quina es podia tractar la trucada.

Roger poques vegades deia mentre ella era a la feina.

Va suposar que no podia ser per la seva baralla d'ahir, perquè ja ho havia solucionat aquesta mateixa nit.

"Si?" Va dir quan estava fora, lluny dels altres companys de treball.

"Fem un viatge la setmana que", va respondre sense embuts. "Hi ha un lloc tranquil on podem anar prop de la costa".

"Realment no puc. Les coses estan molt ocupades amb el meu treball en aquest moment".

"El meu també està així. Però podem fer un forat. Podem anar divendres que ve i quedar-nos durant el cap de setmana. Només pren-te un dia lliure a la feina".

"Però no hi ha necessitat d'això", va respondre ella, tractant de raonar amb ell. "No estic enutjada amb tu. ¿No havíem aclarit això ahir a la nit?"

"No es tracta d'ahir. Es tracta del nostre matrimoni".

Aquestes paraules van enviar una commoció total per tota la columna fins als peus de Rachel.

Sempre havia assumit que el seu matrimoni era fort i que li donava a Roger tot el que sempre havia volgut d'una esposa.

"El nostre matrimoni està en problemes?" ella va preguntar.

"No parlis així. Però hi ha una manera de fer que el nostre matrimoni ... millori ..."

Un altre senyal va baixar per la seva columna vertebral.

"De què es tracta aquest viatge?"

"Crec que hi ha algú que pot ajudar-nos".

"¿Un conseller matrimonial?" ella va preguntar sorpresa.

Es va aturar un moment.

"Sí. Una cosa així. Un conseller matrimonial".

"No ho estem fent tan malament, oi? Vaig pensar ... vaig pensar ..."

La veu de Rachel s'estava tornant sufocant i els seus ulls s'estaven humitejant.

"No ho estem fent gens malament", va respondre ell, tractant de tranquil·litzar-la. "Però crec que podem millorar. Això és una cosa en el que he estat pensant durant un temps".

"Bé. Si creus que és el millor".

"Gràcies, afecte. Sento haver-te cridat a la feina. És una cosa d'últim minut. Ella va tenir una vacant d'últim minut en el seu horari i volia aprofitar-la".

Rachel va aixecar una cella.

"¿Ella? ¿El conseller és una dona?"

"Si."

"Què saps d'aquesta persona? Per què necessitem viatjar tan lluny per ella?"

"T'ho explicaré més tard. Però ella té una reputació única. I crec que farà meravelles per a nosaltres".

"Si això és el que vols, llavors està bé".

"M'alegra que estiguis oberta a això. Discutirem els detalls aquesta nit".

"D'acord, adéu."

"Adéu."

L'anomenada acabar i Rachel va quedar estupefacta amb el seu telèfon a la mà.

Se li havia caigut una bomba a sobre, però es va adonar que faria el que fos necessari per mantenir fort el seu matrimoni.

CAPÍTOL 4

Diversos dies després.

Rachel estava aturada a l'habitació doblant roba per al proper viatge.

Sabia que el clima havia de ser calorós, així que va empaquetar les samarretes, pantalons curts, sandàlies i vestits de bany que Roger li va dir que portés, ja que estarien a prop de la platja.

Ella no volia anar, no només perquè els costaria milers de dòlars la idea, sinó perquè necessitava passar molt temps en el seu treball, i aquest dia perdut seria un dia que hauria de recuperar.

Però si això era el millor per al seu matrimoni, llavors no volia lluitar per això.

El que més li molestava era que Roger estava sent inusualment parc i vague pel que fa a l'assumpte de l'assessorament matrimonial.

En tots els seus anys de matrimoni, sempre havien estat oberts sobretot.

Mai hi havia hagut secrets.

Mai hi va haver mentides.

Per això el seu matrimoni era tan reeixit.

Fins ara ...

Va passar molt de temps preguntant-se per què Roger volia veure a una consellera.

Què li passa al nostre matrimoni?

Vaig pensar que tot estava bé.

Vaig pensar que tot era perfecte entre nosaltres.

És el sexe?

Ja no sóc prou bona?

Vol algú més?

'Està tenint un enamoriscament ?!

La maleta estava gairebé plena.

Tot el que faltava per ficar era el vestit de bany.

Hi havia un parell vell en el seu armari.

Que ella no havia fet servir en anys.

Es va despullar davant el mirall.

Ella va mirar el seu cos nu.

Les línies lleus a la cara havien crescut.

Els seus pits, anteriorment molt turgents, havien començat a cedir.

Els seus malucs s'estaven tornant més gruixudes tot i els exercicis aeròbics.

La veritat és que no és d'estranyar que Roger vulgui veure a una consellera.

Es va posar el vestit de bany i va posar davant de l'espill amb ell.

Això li agradarà.

En aquest moment, Roger va sortir de l'despatx de casa seva i es va acostar a Rachel amb les celles arrufades.

"Què passa?" preguntar ella, encara en el seu vestit de bany.

"Acabo de parlar per telèfon amb el meu cap. Un dels nostres clients acaba de rebre una demanda multimilionària. Ja no puc anar a aquest viatge".

Ella el va mirar als ulls i va saber que Roger estava dient la veritat.

Un raig d'esperança va creuar la ment de Rachel.

Estava contenta que el viatge probablement fos cancel·lat.

"Això és molt dolent", va respondre ella. "Això vol dir que el viatge es cancel·la?"

"No té sentit cancel·lar tot el viatge perquè ja he pagat els vols i els arranjaments de l'assessorament. Hauries d'anar sola".

Ella es va sorprendre.

"Vols que vegi a una consellera matrimonial sola? ¿Quin sentit té això?"

Ell va sospirar.

"Rachel, t'estimo molt. T'estimo més que a res. Ets l'amor de la meva vida".

"Oh Déu, estàs tenint una aventura. ¿No és així? Hi ha algú més, no?"

"No, no és res d'això", va dir emfàticament. "Mai no enganyaria. Mai no ho he fet, i mai ho faré".

"Llavors, què està passant? En aquests últims dies, has estat molt evasiu sobre aquest viatge. Mai abans has estat tan reservat".

Va sospirar novament i va sacsejar el cap.

"Ho sento. No he estat completament honest amb tu. Crec que no sóc tan valent com pensava".

"Digues-me que és això?"

"Confies en mi?"

"Per descomptat que sí. Si tens una aventura, només digues-m'ho. Podem resoldre-ho".

"No estic tenint una aventura Rachel. Però crec que hi ha d'haver canvis en el nostre matrimoni".

"Ja no sóc prou bona?" ella va preguntar.

"Deixa de dir coses així. Ets la meva dona. T'estimo més que a res".

"Llavors, per què no ets honest amb mi?" va exigir.

Va sacsejar el cap.

"Estic tractant de ser honest. Però no puc. Això no és fàcil. Creu-me, voldria que tot fos fàcil".

"Ja no t'entenc, Roger".

Una tristesa va aparèixer a la cara.

"Pots prometre que així i aniràs? Sé que és difícil anar-te així, però no t'ho preguntaria a no ser que pensés que podria ajudar a salvar-se al nostre matrimoni".

"Creus que el nostre matrimoni necessita salvar-se?" preguntar ella, amb llàgrimes als ulls.

"Si us plau, no facis això més difícil, Rachel. Pots prometre que aniràs sola? Vull que coneguis a la consellera i escoltis el que ha de dir. Només escolta, i si no us agrada, després vine a casa. Si us plau, t'ho prego ".

Les llàgrimes ja es vessaven per la seva cara.

Rachel es va ofegar en elles i amb prou feines podia parlar.

Després, va envoltar al seu espòs amb els braços i li va donar una gran abraçada sufocant.

No anava a perdre el seu matrimoni així que no importava el cost.

SEGONA PART:
Lady Samantha i l'esposa

25

CAPÍTOL 5

Rachel va veure un home ben vestit després de sortir de la terminal d'l'aeroport amb el seu equipatge.

L'home sostenia un cartell amb el seu nom.

Van parlar i van confirmar la identitat de tots dos.

Ella va pujar al seu automòbil de luxe per a realitzar un viatge d'uns trenta minuts fins que van arribar al seu destí.

Ella esperava arribar a un edifici d'oficines.

Però es va sorprendre el veure que el destí era en realitat una gran casa prop de la platja, que semblava més una mansió.

La propietària de el lloc era una persona molt rica.

I la propietària definitivament no era una consellera matrimonial corrent.

L'acte es va aturar en el camí d'entrada.

El conductor va ser a l'maleter per treure l'equipatge.

En aquest moment, es va obrir la porta principal de la mansió al costat de la platja i va sortir una dona alta i escultural.

Es veia impressionant, d'uns trenta anys, amb el cabell llarg i ondulat i un cos de model.

"Has de ser Rachel", va somriure la dona. "He escoltat coses meravelloses sobre tu".

"Aquesta sóc jo. I tu ets?"

"Samantha. Benvinguda a casa meva".

Les dues dones es van donar la mà cordialment.

"Que bonic lloc. Certament no esperava res com això".

"La majoria de la gent no ho fa. És una llàstima que el teu marit no hagi pogut venir".

"Coneixes al meu marit?" Va preguntar Rachel.

"Viatjo molt amb el meu pare per negocis i he vist al teu marit diverses vegades. Però podem parlar més sobre això més tard. Estic segura que estàs esgotada. Déjame mostrar el teu habitació primer".

Samantha va conduir a Rachel acompanyada de l'conductor per les escales de la gran mansió fins a l'habitació de convidats.

El conductor va posar l'equipatge al dormitori i després se'n va anar.

Rachel estava en un constant estat de meravellada mentre mirava la mansió.

No podia arribar a calcular quant valdria tot.

"Et deixaré dutxar-te i descansar", va dir Samantha. "Les tovalloles estan en el mateix bany. Vine a la platja al voltant de les sis de la tarda. Podrem veure la posta de sol juntes i prendre una mica de suc de fruita fresca".

"Això sona deliciós".

Samantha va somriure.

"Ens veiem llavors".

CAPÍTOL 6

Rachel es va donar una dutxa freda i es va relaxar.

L'habitació d'hostes de la casa era millor que qualsevol habitació de qualsevol hotel luxós al que s'hagués allotjat.

Tot era pur luxe i classe.

Es va preguntar què havia planejat Roger.

* * *

Van arribar les sis de la tarda i Rachel va baixar les escales, vestida de forma casual per al clima càlid en què es trobaven.

Va sortir cap a la platja i va comprovar que la vista era bonica.

Hi havia oblidat el bonic que podia ser l'oceà, especialment durant una posta de sol.

Va veure a Samantha parada allà, admirant la vista de l'oceà.

"Tens tanta sort de poder gaudir d'això cada dia", va dir Rachel.

"En efecte."

"Llavors, què fas exactament aquí?"

"Què et va dir Roger?"

"No gaire, malauradament. Només que ets una espècie consellera matrimonial. Però pel que sembla, ja no estic molt segura que aquest sigui el cas".

"Faig diverses coses", va respondre Samantha. "Faig una mica de béns arrels i desenvolupament de treball en nom del meu pare. Però també faig favors per a la gent. Favors que gaudeixo molt brindant".

"Com? ¿Assessorament matrimonial?"

Samantha va mostrar una bella somriure.

"Es pots dir així també."

"Per què tots són tan vagues sobre això? Hi ha algun secret que no s'hagi de saber?"

"Si vols saber la veritat, he ajudat a moltes parelles al llarg dels anys. No m'importa els diners. Ho faig per plaer. Gaudeixo ajudant".

"I com exactament ajudes a aquestes parelles?" Va preguntar Rachel.

"Com penses? Quina és la base d'una bona relació?"

"Amor", va respondre Rachel.

"Sexe", va fer l'Samantha. "Ajudo a les parelles a que els funcioni el sexe".

Rachel es va sorprendre fins al nucli, però no va deixar que el seu rostre ho mostrés.

Es va sorprendre que el seu estimat espòs de vint anys estigués pensant en això quan li parlo d'ella.

"Llavors ets terapeuta sexual?"

"No m'agraden molt les etiquetes", va respondre Samantha. "Però sé molt sobre sexe. Sé el que li agrada a la gent i com pot millorar-se. És un talent natural que tinc".

"No crec que això sigui adequat per a mi. Gràcies per l'amable hospitalitat, però hauria de marxar. Prendré el proper vol a casa".

"Acabes d'arribar".

"Ho sé, però ..."

"Roger em va advertir que estaries preocupada per això".

"T'has estat ficant al llit amb ell?" Va preguntar Rachel sense embuts.

"No. Creu-me, el teu marit és un home fidel. Simplement li vaig fer una ullada i vaig saber que la seva vida sexual era molt deficient. Llavors, quan vaig trobar una oportunitat en la meva agenda, li vaig fer una oferta a la teva marit".

Rachel aclucar els ulls.

"Sí, a canvi de diversos milers de dòlars de diners del meu marit, oi?"

"Com vaig dir, els diners no significa res per a mi. Mira al meu voltant, no necessito els diners del teu espòs. Però si no li cobrament a la gent, tindré una llarga fila d'homes esperant fora de la meva porta per obtenir gratis el servei . "

"Bé, gràcies per l'hospitalitat. No vull perdre el teu temps. Tot això no és per a mi. Prendré el proper vol disponible".

Samantha va fer que sí amb el cap.

"Això és perfectament comprensible. Pots quedar aquí tot el temps que vulguis. El meu conductor et portarà en qualsevol moment. Li tornaré els diners al teu marit el més aviat possible".

"Gràcies."

"La millor de les sorts amb el teu matrimoni", va dir Samantha, tornant la seva atenció a la posta de sol.

Rachel va fer una pausa per un llarg moment.

"Què saps sobre el meu matrimoni?"

"El teu marit volia això per una raó específica. Així que sé que la teva vida sexual ha de ser increïblement avorrida i monòtona".

"Hi ha més en el matrimoni que només el sexe. Ens estimem. Som grans companys en la vida".

"Segueix dient això", va respondre Samantha. "El teu marit òbviament sent que falta alguna cosa en la teva relació. Però si creus que tot és perfecte, llavors sentir-se lliure d'anar-te'n".

Rachel va fer una altra llarga pausa.

"Si em quedo aquí, vull dir, durant els propers dies, ¿què passarà? Què faré aquí?"

"Si et quedes, t'ensenyaré els plaers de la dominació i la submissió. Aquesta és la meva especialitat. Algú com Roger necessita sentir que és l'home en la relació. Puc ensenyar-te com servir-lo adequadament".

"Sona una mica cru".

"El sexe és cru. Però també és bonic. Quan va ser l'última vegada que vas tenir un orgasme al·lucinant? De el tipus que deixa un bassal entre les teves cames".

"No me'n recordo", va respondre Rachel. "Anys. Potser més".

"Pobreta. Però puc arreglar això. Les dones grans, particularment les esposes, són una especialitat meva".

"No anem a ... ja saps ..."

"Ho farem. Farem tot juntes".

"No puc fer això", va respondre Rachel. "Això és de bojos. Mai abans havia fet res amb una altra dona".

"Penseu en això com una experiència d'aprenentatge. A més, no és de bojos si el teu marit pensa que és beneficiós".

"Certament estàs molt entusiasmada amb tot aquest projecte".

Samantha va somriure.

"Tu també hauries de estar-ho".

"¿Ara què llavors?"

"Ara, torno dins per preparar-me per sopar. El meu xef està fent alguna cosa deliciós. Si vols quedar-te, uneix-te a mi per sopar. Si vols anar-te, parla amb el meu conductor".

"Vull quedar-me."

"El sopar hauria d'estar a punt aviat. Podrem conèixer-nos millor. Demà és quan comença la veritable diversió".

Samantha va mostrar una altra somriure ple d'insinuacions.

Després es va tornar per entrar en la seva gran mansió.

CAPÍTOL 7

A l'endemà.

Una petita part de personal els servia l'esmorzar a l'aire lliure.

Tot era atès adequadament.

Tot el menjar estava acabada de preparar.

Les dues dones van gaudir mútuament de la seva companyia mentre esmorzaven.

"Realment puc acostumar-me a això", ha fet broma Rachel.

Samantha li va picar l'ullet.

"Qui sol cuinar a casa teva? Suposo que ets tu. Sembles una dona molt domesticada".

"Em van criar a la manera antiga. Vinc d'una llarga línia de dones mestresses de casa".

"Típic. Tens aquest aspecte conservador clàssic".

"El escolto molt", Rachel va arronsar les espatlles. "Però per una bona raó. M'encanta cuidar la meva família. M'encanta ser la mare i l'esposa ideal per a ells".

Samantha va fer que sí amb el cap.

"Estic segura que Roger aprecia tot el que fas a la casa".

"Ho fa", va respondre Rachel. "Tinc molta sort de tenir-lo. La majoria dels esposos no aprecien la feina que les seves dones fan per ells".

"¿Roger et recompensa? Et permet xuclar-li la polla?"

"¿Perdó?"

"¿Roger et permet xuclar el seu penis quan has estat una bona noia?"

Rachel es va sorprendre per la xerrada lasciva durant l'esmorzar, especialment davant el personal.

Les converses descarades sobre el sexe sempre li havien semblat de pèssim gust.

"No crec que sigui cosa teva", va respondre Rachel.

"¿No és així? Vaig pensar que volies la meva ajuda."

"Suposo, però ..."

"Sé honesta. Les dues som dones adultes. I la meva personal és molt discret. Només estic tractant d'ajudar-te".

Rachel va donar un lleu sospir.

"Ho faig per ell, només a vegades. No m'agrada molt fer-ho".

"Llavors, en què consisteix la teva vida sexual amb Roger? ¿Ell es puja sobre de tu, et dóna uns quants vaivens i després es corre?"

"Bàsicament."

Samantha gairebé va riure.

"Aquesta no és una gran vida sexual. Sona més com una formalitat".

"Funciona per a nosaltres".

"Òbviament no. Roger et vol aquí per una raó. Odio donar-te la notícia, però Roger és un noi normal i divertit. Li encanta el sexe. I li encanta rebre mamades. Però és massa tímid per demanar-li a la seva bonica i petita dona favors extra ".

"Estàs sent presumptuosa".

Samantha va aixecar una cella.

"Ho estic sent? ¿Roger ha rebutjat alguna vegada el sexe? ¿Sembla un noi de preparació cada vegada que li xucles la polla? Saps que tinc raó. Tots els homes són iguals pel que fa a el sexe".

"No és així com em criï", va dir Rachel després d'una llarga pausa. "Probablement tinguis raó sobre Roger. Però ja no sé com complaure".

Samantha fer petar els dits i algú amb el personal va portar una joguina sexual en una safata de plata.

Samantha el va recollir i el personal se'n va anar.

La joguina sexual de color carn tenia la forma d'el penis d'un home.

"És sorprenent com de realistes s'han tornat aquestes joguines per a adults", va dir Samantha, sostenint en alt i meravellada.

Tot i que estaven a l'aire lliure, a Samantha no semblava importar-li sostenir un consolador.

Rachel es va sentir una mica incòmoda, tot i que no hi havia ningú més al voltant.

"No tens por que algú pugui passar i veure't amb això?" Va preguntar Rachel.

"És perfectament legal tenir una joguina sexual a l'Estat".

Rachel va assentir tímidament.

"Tens raó."

"Tampoc hi ha res dolent en besar a un".

"Què vols dir?"

Samantha va agitar lleugerament el consolador.

"Endavant, dóna-li un petonet".

"Per què?"

"Tinc curiositat de com et veus amb un penis a la boca".

Rachel semblava nerviosa quan Samantha li va parar el consolador, que apuntava a la seva cara.

Ella s'imaginava que discutir seria inútil.

Ella era una convidada en una casa de luxe.

Ella sabia que seria groller rebutjar la sol·licitud.

Es va inclinar cap endavant sobre la taula i va besar el cap de l'consolador.

"Ara obre els llavis", va dir Samantha. "Porta-ho dins".

Rachel es va sentir incòmoda, però ho va fer de totes maneres.

Ella va permetre que la joguina sexual es fiqués dins de la seva boca.

Samantha va començar a empènyer i estirar el consolador a la boca de Rachel per simular el sexe oral.

"¿Això és tot?", Va dir Samantha, observant atentament. "Chúpalo. Tot així. Imagina que és el de Roger".

A l'escoltar aquestes paraules es va encendre un foc a Rachel.

Ella va xuclar més fort, més ràpid i més dur.

Ella realment va començar a realitzar sexe oral a el consolador.

Abans que Rachel pogués continuar, Samantha va retirar el consolador de la seva boca i Rachel es va recolzar en el seu seient.

"No està malament", va dir Samantha. "Però les teves habilitats amb la mamada podrien millorar una mica. Treballarem en això més tard. Crec que Roger estarà molt content per quan tornis a casa".

"Això espero", es va posar vermell Rachel.

Samantha va somriure.

"Tenim un llarg dia d'entrenament per davant. Acabem el nostre esmorzar i aprofitem el nostre temps".

Van tornar a menjar el seu esmorzar.

Rachel va abaixar la mirada cap al seu menjar, però encara estava pensant en les últimes paraules de Samantha.

¿Entrenament? Què dimonis hi haurà volgut dir amb això?

CAPÍTOL 8

El dormitori de Samantha constava d'una àrea gran i espaiosa.

I era simple però elegant.

Els mobles semblaven rústics i cars.

El balcó estava obert i tenia una vista perfecta de l'oceà.

"El seu marit em va dir la teva mida i mesures", va dir Samantha. "Així que vaig seguir endavant i et vaig comprar un nou guarda-roba".

Hi havia una maleta al mig de l'habitació.

Samantha la va obrir per revelar una gran varietat de peces, la majoria bastant reveladores, i una gran varietat de roba interior.

Rachel es va quedar estupefacta.

"¿Tot això és per a mi?"

"Tot dins d'aquesta maleta és per a tu. També t'he comprat un nou kit de maquillatge".

"Què té de dolent el meu maquillatge?"

"Res, si ets comptadora", va respondre Samantha. "Però si vols donar-li al teu marit una erecció constant, llavors hauràs d'esforçar una mica més".

"A Roger li agrada com a mi m'agrada".

"Ets una dona molt bonica. Estic segura que Roger creu que ets la dona més bonica de l'món. Però de vegades els homes només volen una puta bruta al dormitori. Aquests són els fets".

Rachel va fer una pausa.

"Ja no sóc exactament una dona jove".

"No hi ha absolutament res de dolent en les dones de la teva edat. Tots estimen a les dones grans. Adoro a les dones grans".

"Llavors, què estem fent?"

"És bo ser una mestressa de casa primitiva i adequada. Però també és bo ser una petita guineu bruta al dormitori de tant en tant. Això és el que et vaig a ensenyar".

Rachel va respirar fondo.

"Bé. Mantindré una ment oberta al que sigui que hagis de dir".

"Bé. Ara desvístete".

"¿Perdona?"

"Despulla't. Treu-te la roba. Tota."

"Per què?"

"Vaig pensar que havies dit que estaves mantenint una ment oberta" Va dir Samantha amb una cella aixecada. "Si vols la meva ajuda, llavors escolta el que he de dir".

Rachel ja tenia clar que discutir amb Samantha mai era una estratègia guanyadora.

Ella va respirar fondo per armar-se de valor, i es va treure la roba de forma vacil·lant, doblant acuradament cada peça i col·locant-la al llit propera.

Era una mica vergonyós per Rachel despullar davant de Samantha, ja que el seu cos estava envellit, i Samantha era molt jove i estava en forma.

Però Rachel es va dir a si mateixa que era com desvestir-se davant de metge.

Samantha probablement havia vist a moltes dones nues de la seva edat.

Ella ho ha vist tot.

Quan acabi aquest viatge, mai hauré de tornar a veure-la.

Llavors, ¿a qui li importa si ella em veu despullada?

Es va treure tota la roba i a la fi Rachel estava completament nua davant d'una dona molt més jove i atractiva.

"Molt femenina i bella", va dir Samantha amb una mica d'insinuació mentre assentia.

"¿Això creus?"

"Com vaig dir, adoro les dones grans. I estimo les mestresses de casa. Crec que ets extremadament atractiva".

Rachel va arronsar les espatlles.

"I què segueix?"

"Segueix-me."

Samantha va portar a Rachel a la còmoda.

Rachel es va asseure davant el gran mirall i una taula plena de productes de bellesa de marca.

Totes dues van mirar el reflex en topless de Rachel al mirall.

Llavors Samantha va usar un tovalló humida per netejar el maquillatge de Rachel fins que la seva cara va quedar neta.

Les arrugues i les línies d'edat a la cara de Rachel s'havien tornat més evidents.

"Tens una bellesa tan natural, Rachel. Ets molt bonica".

"Gràcies."

"Però no estem interessades en el bonic en aquest moment", va dir Samantha. "Estem interessades en el sexy. Estàs a punt per això, Rachel?"

"Crec que sí."

"Anem a començar."

Samantha va anar directament a treballar aplicant els cosmètics.

Ella va aplicar hàbilment una capa de rubor, ombra d'ulls, rímel, delineador d'ulls i un to brillant de llapis de llavis vermell.

Segon a segon, la recatada mestressa de casa observava com s'anava transformant la seva aparença.

Quan ella va acabar, Rachel prou feines podia reconèixer-se a si mateixa.

"Què et sembla?" Va preguntar Samantha, orgullosa del seu treball.

"Es veu ... es veu ... interessant ..."

Samantha donar uns copets les espatlles de la dona.

"Et acostumaràs. Només recorda, això és només per a tu i Roger. Per a ningú més".

"Entenc."

"Ara, anem a vestir-te, d'acord?"

Rachel es va aixecar i va seguir el pas de Samantha en la gran habitació.

Samantha va buscar dins de la maleta i va treure una prima bata vermella.

"Emprova't això", va dir Samantha. "I mira't al mirall".

Rachel va mirar el seu reflex nu al mirall mentre es posava la bata.

Era escassa, prima i petita.

Sobretot, era semitransparent.

El color de les seves mugrons i borrissol púbic eren completament visibles.

"És una mica revelador, no et sembla?" Rachel va expressar en veu alta el que era obvi.

"Aquesta és la idea. Quan estiguis a casa, vull que facis servir això per a Roger en tot moment. Serà un matrimoni més feliç".

"Vols que estigui pràcticament nua en tot moment?"

"Pensa-ho, ¿Roger discutiria amb tu mentre els teus mugrons estan exposats?"

"Aquesta és certament una forma divertida de veure les coses", va respondre Rachel amb una rialleta.

Samantha va somriure.

"He ajudat a moltes parelles al llarg dels anys. Confia en mi, sé del que estic parlant".

Les dues dones es van somriure juguetonamente abans que ella es provés més vestits.

CAPÍTOL 9

Més tard aquest mateix dia.

Rachel estava en un estat de profunda relaxació.

Estava a la sala de l'spa, sola amb una massatgista entrenada.

La seva ment es va allunyar mentre la seva esquena rebia un massatge expert.

Era una dita.

"M'alegra que et estiguis divertint", va dir Samantha, entrant a l'spa.

"Això és el cel."

"Un bon massatge sempre és celestial. Em sap greu interrompre, però acabo de parlar per telèfon amb el meu pare. Una cosa va passar".

Rachel es va incorporar per escoltar les notícies.

Els seus pits es mostraven, però no li importava.

"Està tot bé?" ella va preguntar.

"Tot està bé. Però el meu pare està tenint un sopar important amb diversos dels seus socis comercials, i vol que m'uneixi a ella. Em vol a el punt. A més, sóc excel·lent per entretenir els convidats".

"Hauria anar-me'n?" Va preguntar Rachel, secretament tement el pitjor.

"No, no. Però no estic segura de a quina hora tornaré, així que posa't còmoda a casa meva. Ja he donat instruccions a el personal perquè et preparin un bon sopar. Fes el que vulguis després. Hi ha llibres, pel·lícules, música, el que vulguis. la meva personal t'ajudarà amb el que necessitis ".

"Gràcies, ets molt amable."

Samantha va aixecar una cella.

"Si estàs d'humor per a alguna cosa una mica més provocatiu, llavors prova la col·lecció de DVD a la meva habitació. Qui sap, és possible que vegis alguna cosa que t'agradi".

"Ho tindré en compte", va respondre Rachel, insegura de com interpretar les insinuacions.

"Diverteix-te. Intentaré tornar aviat".

"Que tinguis una bona nit."

Samantha va esbossar un somriure maliciós i va marxar.

CAPÍTOL 10

Aquesta mateixa nit.

La luxosa mansió es veia una mica avorrida sense la seva propietària.

Després d'un sopar primerenca, Rachel va observar la posta de sol i va explorar la casa un cop més.

Va fer un cop d'ull al que tenia per al cinema a casa i la col·lecció de música, però res li va interessar molt.

Ara mirava la televisió a la sala d'estar.

Les notícies eren l'únic que li interessaven.

Es va preguntar com estava Roger.

Es va preguntar si Roger la trobaria a faltar.

Va arribar l'avorriment.

Eren les onze de la nit i Rachel va decidir anar-se'n al llit.

De camí a la seva habitació, va passar per davant de l'habitació de Samantha.

La porta estava oberta de bat a bat.

L'oferta de veure els DVD privats d'ella encara era present en la ment de Rachel.

Per què no?

Ella em va convidar a entrar a la seva habitació per mirar.

Rachel va entrar al dormitori principal i anar cap a la gran televisió.

Els DVD no van ser difícils de trobar.

Hi havia més de 200 DVDs, va estimar.

Tots els DVD eren casolans.

Cada DVD tenia un nom escrit, juntament amb una data.

Rachel va encendre la televisió i el reproductor de DVD.

Ella va seleccionar un DVD aleatori titulat: Joseph 2018.03.07

El DVD va començar i Rachel es va asseure al llit.

Ella es va sorprendre pel que va veure.

Un home nu va aparèixer a la pantalla.

Era de mitjana edat i estava en una forma normal.

Tenia la cara d'un home de negocis reeixit.

El seu penis era petit i estava flàccid.

Es veia tímid.

Estava mirant directament a la càmera.

Estava de peu en una habitació de convidats.

L'home va declarar el seu nom, edat i que la seva ocupació laboral era un promotor de béns arrels.

L'escena se sentia molt estranya i va fer que Rachel es sentís extremadament incòmoda.

No podia entendre per què Samantha tindria un DVD com aquest.

Rachel es va aixecar i estava a punt d'apagar el DVD quan de sobte, va escoltar la veu de Samantha provinent de la televisió.

Estava començant a donar ordres a l'home nu.

Rachel va tornar a seure per seguir observant.

L'home nu a la pantalla es va acariciar.

El seu petit penis es va fer una mica més gran i rígid.

L'home es va agenollar quan la veu de Samantha l'hi va ordenar.

Samantha va aparèixer a la pantalla i Rachel gairebé panteixar.

Samantha va aparèixer en el vídeo vestida amb una cotilla de cuir atapeït, mostrant els seus braços i cames.

Hi havia un consolador llarg subjecte amb una corretja entre les cames de Samantha que havia d'estar mesurant a el menys vint centímetres.

Samantha es va aturar davant l'home agenollat, i l'home va començar a succionar el penis de l'cinturó amb entusiasme.

L'única cosa que Rachel podia fer era mirar gairebé en estat de xoc.

Estava completament incrèdula que Samantha fes tal cosa amb un home.

Els seus instints li van dir que apagués el DVD, però no va poder.

La pantalla s'havia tornat hipnòtica.

En el vídeo, Samantha va ordenar a l'home que es posés dempeus i s'inclinés sobre el llit.

Ho va fer amb entusiasme.

Samantha després va aplicar una gran quantitat de lubricant en la joguina sexual i es va col·locar darrere de l'home.

Rachel va panteixar mentre veia Samantha penetrar a l'home.

Va ser tot el que Rachel va poder suportar.

Es va posar dret i va apagar el DVD.

Quan va tornar a col·locar el DVD al seu lloc en la col·lecció, va veure un altre vídeo etiquetat com Anna 2019.05.23.

Va ser gravat fa només uns mesos i la protagonista devia ser una dona.

Rachel va sentir curiositat, i ella va introduir el vídeo i va tornar a seure al llit.

El vídeo mostrava a una dona madura i nua.

La dona tenia poc més de cinquanta anys.

Evidentment una mestressa de casa.

El vídeo també va ser pres a la mateixa habitació, però aquesta vegada, Samantha estava sostenint la càmera i parlant amb la mestressa de casa.

Samantha va ordenar a la dona que s'agenollés i es arrosségués cap al cony de Samantha.

La dona va realitzar expertament sexe oral al cony ben afaitat de Samantha.

Rachel es va sentir aclaparada per la luxúria que va sentir a l'veure el vídeo privat de sexe casolà de Samantha.

Es va ajupir i es va tocar mentre mirava.

Ella va començar a jugar amb el seu cony.

El lesbianisme i la submissió mai van ser les seves fantasies, però hi havia alguna cosa fascinant en els vídeos casolans de Samantha.

Rachel va continuar fregant el seu cony fins que el vídeo va acabar.

Després va reproduir un altre vídeo, aquest cop d'una parella.

El temps va passar volant i Rachel havia ja vist alguns vídeos més.

Ella es va córrer poderosament veient el porno casolà.

Hi havia passat molt temps des que havia sentit un orgasme tan bo.

Ella va tancar els ulls per descansar una estona.

* * *

Rachel es va despertar a el sentir un dit fregant la seva pell.

Els seus ulls es van obrir.

Encara era de nit.

Va aixecar la vista i va veure a Samantha parada sobre ella amb un somriure a la cara.

"Veig que has gaudit de la meva col·lecció", va somriure Samantha.

Rachel ràpidament va cobrir el seu cony.

"Oh Déu. Ho sento molt. He de haver-me quedat adormida".

"No hi ha res que lamentar-se. Trobar alguna cosa que t'agrada. Ara estem a punt per al següent pas".

Les dues dones es van mirar als ulls.

Hi va haver un breu moment de silenci entre elles.

I també hi va haver un tranquil enteniment que les coses anaven a tornar-se molt més interessants.

TERCERA PART: L'esclavitud és el nostre plaer

CAPÍTOL 11

L'esmorzar va ser gairebé incòmode al matí següent per Rachel.

Era la primera vegada a la vida que l'havien enxampat masturbant.

Tenia una sensació de vergonya i incomoditat.

"Has de tenir un munt de preguntes", va dir Samantha.

"Alguna cosa."

"No siguis tímida. Anem a escoltar-te".

"Què estaves fent exactament en aquests vídeos?" Va preguntar Rachel.

"Diferents persones tenen diferents fetitxes. Això és un fet de la sexualitat humana. Simplement va proporcionar un servei per a aquests fetitxes".

"Ets una mena de dominatrix, o com es digui avui dia?"

Samantha va somriure.

"Quan vull ser-ho. O si algú necessita la meva ajuda".

"¿Flames a això ajuda?" Va preguntar Rachel, arquejant la cella.

"És clar que sí. Has vist quant es van córrer aquestes persones?"

Rachel de sobte es va sentir tímida.

"Estaves ... umm ..."

"Endavant. Només pregunta. No vaig a mossegar".

Rachel va respirar fondo.

"Estaves pensant fer-me alguna d'aquestes coses a mi o Roger? ¿Va ser aquest el pla tot el temps? ¿Roger vol ser sodomitzat per una corretja? Vol veure practicar sexe oral amb una dona?"

"Aquestes són les grans preguntes, no?"

"Em vas a donar una resposta?"

Samantha va fer una llarga pausa dramàtica mentre bevia el suc acabat d'esprémer.

"La resposta és aquesta", va respondre Samantha. "El teu marit no té idea del que vol. Sap que vol una vida sexual millor. Sap que no vol tenir sexe amb una dona sense emocions totes les setmanes".

"Roger em va trucar una dona sense emocions?" Rachel va preguntar amb sentiments ferits.

"No amb aquestes paraules. Però per la forma en què va descriure la seva vida sexual, bé podries estar sense emocions".

"Llavors, què creus que vol Roger? Què jo sigui submisa com les dones en els teus vídeos?"

"Potser. Per això va ser aquest viatge. Desafortunadament es va ocupar i no puc ajudar-lo. Però afortunadament tu ets aquí".

"Em està enganyant?"

"No. No ho està. Puc dir que no ho està fent. Però és a prop de fer-ho. El sexe que proporciones és inadequat per a un home com ell".

"Què he de fer?" Va preguntar Rachel.

"Fes el que jo et digui. Vesteix-te com t'he ordenat. Chúpale la polla com t'he ensenyat. De fet, espero que li facis una mamada tots els matins abans de la feina, i de nou quan ell arriba a casa. No hi ha excuses per no fer-ho".

Rachel va fer que sí amb el cap.

"Jo puc fer això."

"Però encara hi ha més que aprendre. El sexe oral no ho soluciona tot, ho creguis o no".

"I què és això?"

Samantha li va llançar una mirada astuta.

"Haurem de esbrinar després de l'esmorzar".

CAPÍTOL 12

Hi havia una tensió perceptible en l'ambient quan Rachel va seguir a Samantha a una habitació privada en la mansió.

L'habitació tenia parets llises i mobles senzills.

Hi havia un llit petit de només dos peus d'altura.

El llit estava coberta de forma senzilla, sense mantes ni coixins, tan sols un llençol.

"No perdem el temps", va dir Samantha. "El teu marit vol una dona submisa. En el fons, crec que anheles una figura sexual dominant".

"Estic totalment en desacord", va dir Rachel amb fermesa.

"¿Oh?"

"No crec que Roger em vulgui d'aquesta manera. I certament tinc els meus límits. Sempre he sentit que una relació adequada es basa en la igualtat".

"¿Fins i tot durant el sexe?"

"Sí."

Samantha es va llepar els llavis.

"Tens molt a aprendre avui".

"Mantindré una ment oberta al que suggereixis".

Samantha va fer que sí amb el cap.

"Et vaig portar aquí per una raó específica. Aquesta és una sala per a principiants. Encara no estàs llista per a la sala d'esclavitud".

"Sona intimidant".

"Intimidant en el bon sentit. Però per ara, ens conformarem amb aquesta habitació perquè és fàcil de netejar després d'un desastre".

"Què se suposa que significa això?" Va preguntar Rachel.

"Vol dir que vaig a fer que et corris. De la forma adequada. Et vaig a ensenyar com se sent un veritable orgasme".

"Samantha, estima tot el que estàs fent per mi, però realment no crec que sigui necessari".

"I tant que sí", va respondre Samantha amb fermesa. "No pots convertir-te en una veritable submisa a menys que hagis sentit els plaers d'això. Començarem lentament. Et facilitaré un nou estil de vida".

Rachel va ser colpejada per la paraula estil de vida.

Les coses estaven a punt de tornar-se més interessants.

I tenia curiositat per saber a on es dirigien les coses.

"Bé", va respondre ella. "No discutiré. No em queixaré. Faré el que em demanis".

"Vull veure't el cul. T'estimo nua de la cintura cap avall. Després, jeu al llit. Mantenint els peus a terra".

Rachel estava preocupada per la sol·licitud.

Però ella ho va fer de totes maneres ja que havia dit que ho faria sense discutir.

Es va treure tot deixant el seu darrere a l'aire i va col·locar la seva roba amb cura sobre el llit.

Ara ella estava parada amb la seva arbust moderadament pelut exposat a Samantha.

Després es va ficar al llit a la petita llit amb els peus encara a terra.

"Hauràs de afaitar més tard", va dir Samantha, mirant el borrissol púbic.

"Al meu marit li agrada".

"Afaita't avui. No et preocupis, et tornarà a créixer".

Rachel va posar els ulls en blanc.

"Obvi."

"Ara obre les cames. De bat a bat".

Rachel ho va fer.

Ella va obrir les cames i li va donar a Samantha una clara vista del seu cony.

Es sentia insegura mostrant el seu madur cony a una bella jove, però suposava que hi havia un propòsit darrere de tot això.

"¿Feliç ara?"

"Bell cony", ha apreciat Samantha. "És bonic."

"Vas a quedar-te aquí i mirar-lo?"

"Per descomptat que no. Si no t'importa, vaig a lligar-te les cames al llit abans de fer que et corris. Relaxa't, et prometo que ho gaudiràs".

Samantha va buscar alguna cosa sota el llit i va treure una corda que va utilitzar per lligar els turmells de Rachel als pals oposats del llit.

Tot ho va fer amb precisió experta.

Estava clar que Samantha era una experta en cordes i esclavitud.

Quan va acabar, les cames de Rachel estaven esteses en un estil àguila, lligades, i el seu cony estava obert de bat a bat.

Un fort brunzit va ressonar a l'habitació.

"Què dimonis és això?" Va preguntar Rachel, mirant a Samantha.

Samantha va aixecar un gran joguina sexual vibrant, que semblava i sonava com una eina elèctrica.

El dispositiu tenia una part superior vibratòria destinada a estimular el clítoris d'una dona.

"Això canviarà la teva vida per a millor. Ara relaxa't".

Rachel estava estirada amb els ulls molt oberts al llit.

La cosa s'acostava entre les seves cames.

Samantha semblava que estava a punt de realitzar un procediment mèdic amb el dispositiu de vibració forta.

La part superior vibratòria es va acostar a el cony exposat.

El poderós vibrador va tocar la punta de l'clítoris de Rachel.

"¡¡¡¡Aaahhhh !!!!" la mestressa de casa madura va cridar de dolor.

Samantha es va apartar per un moment.

"Relaxa't. Relaxa't, afecte. Només relaxa't mentre et tinc cura."

La poderosa vibració va ser portada de tornada a l'clítoris.

Rachel va tornar a cridar.

Podria haver-li pregat a Samantha que s'aturés.

Ella podria haver-se assegut i empènyer a Samantha.

Ella podria haver lluitat.

Però ella no ho va fer.

Rachel simplement es va recolzar al llit i va absorbir la intensa estimulació.

Encara que va ser dolorós, també hi havia un petit espurna de plaer.

El plaer va créixer i va créixer.

Rachel va continuar angoixada, però va intentar relaxar el seu cos.

Ella va acceptar el poderós sentiment.

Les seves cames tiraven i lluitaven contra la corda, però no això no servia de res.

Les seves cames no podien moure.

La sensació en el seu cos estava en conflicte.

Ella volia resistir-se, però també volia permetre que els sentiments fluïssin.

Ella va continuar gemegant i agitant al llit.

Samantha va pressionar el palmell de la mà sobre el cos de la mestressa de casa.

Després va empènyer el dispositiu sexual vibrant amb força contra el clítoris.

L'estimulació va ser irreal.

La mestressa de casa madura cridar d'agonia i plaer.

Les seves cames van lluitar contra la corda amb totes les seves forces.

Era una batalla perduda.

Quan Samantha va inserir dos dits dins de cony, entrant i sortint, Rachel es va córrer.

Ella es corria i corria.

Ella llançava raigs i més dolls dels seus sucs.

Va ser un orgasme humit que va fer un veritable desastre a tot arreu.

L'esquena de Rachel es arquejava violentament.

Els dits dels seus peus es corbaven.

Va posar cares estranyes estant gairebé irreconeixible per un temps.

Llavors el seu cos va quedar completament flàccid.

Samantha va apagar el dispositiu i va somriure davant la seva feina.

Va baixar el dispositiu i va desencadenar els turmells de la mestressa de casa.

Es va asseure al llit i va fregar el cabell de Rachel, notant el bonica que es veia.

"No lluitis per parlar encara", va dir Samantha, encara fregant el cabell de Rachel. "Només relaxa't. Gaudeix el teu dita. Estic segura que el teu clítoris ha d'estar fent mal ara mateix".

Rachel va fer que sí amb el cap.

"Sí."

"Descansa. Deixa que el teu clítoris es recuperi. Continuarem l'entrenament més tard avui".

Samantha es va inclinar per besar a Rachel al front, després a la galta, després als llavis.

CAPÍTOL 13

El temps va passar sense pressa.

Van esmorzar juntes i van parlar sobre coses normals.

Una amistat va créixer entre elles.

El tema de el sexe no havia tornat a sorgir, i el clítoris de Rachel va tenir temps suficient per curar-se d'l'assalt vibratori.

Rachel va prendre una migdiada a mitja tarda, i quan va despertar, hi havia un bell vestit negre sobre el seu llit.

Un parell de sabates de taló alt també estaven al llit.

Hi havia una nota escrita a mà en la part superior de l'vestit.

La nota deia:

"Dóna't una bona i llarga dutxa. Després aplica't el maquillatge com et vaig ensenyar. I després posa't el vestit i les sabates de taló sense res més a sota.

Ens veurem a baix a la sala d'esclavitud a les sis de la tarda. La porta estarà desbloquejada ".

La nota estava signada per Samantha.

Un formigueig va créixer entre les seves cames.

Rachel es va aixecar del llit i es va dutxar.

Es va assecar i va mirar el seu reflex nu al mirall abans de maquillar-se.

Ella es va aplicar a cada producte cosmètic exactament com Samantha li havia ensenyat.

Rachel es va posar el vestit davant el mirall de dormitori.

El vestit era elegant i sexy.

Ella es va meravellar de la seva reflex.

Semblava una dona molt diferent.

***

Va baixar les escales exactament a les sis de la tarda, després va ser pel passadís.

Va ser fàcil descobrir on era la sala d'esclavitud.

Era l'única habitació en la mansió on la porta sempre estava tancada.

Ara la porta estava oberta i semblava cridar-la.

La sala d'esclavitud semblava avorrida en comparació amb la resta de la casa.

Era una habitació de mida mitjana sense res de valor.

Hi havia algunes taules i cadires.

Hi havia altres articles d'aspecte interessant, com una corda que penjava de l'sostre i dispositius d'aspecte estrany que semblaven toscs.

Rachel va entrar a l'habitació i va deixar que els seus ulls vaguessin per ella.

L'anticipació va créixer.

"Era això el que esperaves?" La veu de Samantha va dir des del darrere.

Rachel es va donar volta per veure a Samantha vestida amb una cotilla de cuir vermell i unes botes negres.

Ella mostrava els seus braços i cames tonificades, i el seu cabell estava recollit cap enrere.

Estava vestida com una veritable dominatrix.

Samantha després va tancar la porta.

"Esperava una mica més, per ser honesta", va dir Rachel, amagant els seus nervis.

"La majoria de la gent espera més de la meva habitació d'esclavitud. Però prefereixo la simplicitat. M'agrada tenir aquest element de sorpresa".

"Què vols dir?"

"M'agrada que la gent subestimi aquesta habitació", va somriure Samantha. "A més, és irrellevant quin tipus de joguines i dispositius s'utilitzen. És la disposició a sotmetre, i el poder dominant sobre el submís, el que fa una bona relació eròtica BDSM. No les joguines".

Les mans de Rachel van fer un gest cap a l'habitació.

"No obstant això, aquí estem".

"No em malentiendas", va dir Samantha, caminant cap a la mestressa de casa. "M'encanta fer servir joguines. I també m'encanten les cordes. Milloren el meu poder sobre les submises de moltes maneres".

"Què em faràs?"

Els ulls de Samantha van mirar amunt i avall a la mestressa de casa.

"Vaig oblidar esmentar el bonica que et veus en aquest vestit. Et queda perfecte, mostrant totes les teves corbes. I el teu maquillatge, estic impressionada. Aprens ràpid".

"Gràcies. Et veus ... umm ... atractiva amb aquest abillament".

"Sempre intento lluir el millor possible".

"Llavors, què em faràs?" Rachel va preguntar de nou, gairebé desesperada per saber-ho.

Samantha va fer un pas endavant i va acostar els seus llavis a l'orella de la mestressa de casa.

"Vaig a lligar-te", va dir Samantha suaument. "Llavors vaig a fer que et corris una i altra vegada. Pertanys al teu marit. Però aquesta nit, em pertanys a mi. El teu cony em pertany a mi. I els teus orgasmes també a mi".

Els ulls de Rachel es van obrir.

"Oh. Jo ... uh ..."

"Assumeixo que Roger mai t'ha lligat".

"Mai."

"Perfecte. M'encanta ser la primera d'algú. Queda't quieta".

Rachel es va quedar quieta, tímidament, amb el seu vestit car, mentre observava Samantha girar un dispositiu a la paret.

La corda que penjava de l'sostre va baixar fins on era Rachel.

"Em vas a lligar amb això?" Va preguntar Rachel.

"Hi ha algun problema?"

Rachel va sacsejar nerviosament el cap.

"No."

"Bé. Ara dóna'm les teves nines".

Samantha va usar la suau corda i va lligar expertament les nines de Rachel.

El nus estava atapeït.

Les mans de Rachel estaven lligades.

No va fer cap resistència.

Una vegada que ella li va lligar la corda, Samantha va tornar a la paret i va girar el dispositiu a la direcció oposada.

Això va fer que les mans de Rachel s'aixequessin sobre el seu cap.

Res massa dolorós, però suficient per evitar que Rachel pogués moure.

"¿Còmoda?" Samantha va preguntar amb un mig somriure.

Rachel gairebé va tremolar mentre estava aturada amb les mans lligades sobre el seu cap.

"Em fan mal les nines".

"Fa mal perquè estàs lluitant. Relaxa't. Entrega't a mi".

Samantha va obrir un calaix proper i va buscar dins.

Va treure un ganivet i va caminar lentament cap a Rachel amb un somriure perversa, agitant l'objecte afilat.

"Oh, Déu meu!" Rachel va panteixar temorosa, pensant que alguna cosa horrible anava a succeir. "Si us plau no! Déu meu! Déu meu!"

"No siguis ximple. No vaig a lastimarte. Bé, no de la manera dolenta".

Samantha va portar el ganivet a la part superior de l'vestit de Rachel.

Després va tallar cap avall, dividint el vestit per la meitat.

Samantha va posar el ganivet en una taula propera, després va obrir la part superior de l'vestit, deixant el descobert els dos pits rodons de Rachel.

"Ara sembles una veritable puta", va somriure Samantha. "Maquillatge de calenta, cabell bonic, talons cars i un vestit estripat que exposa les teves velles pits caigudes. Tots els signes d'una puta. No estàs d'acord?"

Rachel va assentir nerviosament.

"Sí."

"Sempre compleixo amb la regla dels deu centímetres. Digues-me, què tan gran és el penis del teu espòs?"

"Uns 12 centímetres", va admetre Rachel.

"El de Roger mesura dotze centímetres, així que afegeixo altres deu centímetres. El que és un total de vint-i centímetres".

Samantha va obrir un altre calaix per recollir un consolador de vint-i-centímetres.

Ella el va mirar, meravellada per la grandària.

Després es va posar una corretja al voltant de l'entrecuix i es va col·locar el consolador de vint-i centímetres.

"Vas a posar això dins meu?" Rachel va preguntar nerviosament.

"Et vaig a fotre amb això", va respondre Samantha, aplicant lubricació a l'objecte sexual. "Alguna vegada has tingut sexe estant dempeus?"

"No."

"Una altra primera vegada".

Samantha es va aturar davant Rachel.

Estaven cara a cara, a només centímetres de distància.

Samantha estava segura i tranquil·la.

Rachel era un desastre nerviós.

La tensió sexual era espessa en l'aire.

Samantha es va inclinar cap endavant i li va donar a Rachel un gran petó als llavis.

Va ser suau a el principi.

Després més apassionat.

Després es va tornar més aspre.

Samantha va mossegar suaument el llavi inferior de Rachel.

Després van continuar fent-se petons amb la llengua.

Mentre es feien petons, Samantha va baixar les mans i va aixecar el vestit de Rachel.

Després va guiar la punta de la polla de el cinturó fins als llavis de Rachel.

Rachel va obrir les cames mentre estava de peu.

El consolador apuntar al seu cony.

"Vaig a penetrar ara", va xiuxiuejar Samantha a l'oïda de Rachel.

"Sé gentil"

"No", va xiuxiuejar Samantha.

Mentre les dues dones romanien entrellaçades, Samantha va donar una forta empenta i va entrar al cony de Rachel, causant un panteix audible.

Samantha va donar una altra empenta i va entrar més.

L'objecte sexual estava cada vegada més profund.

En un moment determinat, l'objecte sexual de vint-i centímetres va ser enterrat completament a l'interior de el cony.

Rachel gemegava i les seves cames s'agitaven.

Samantha va mostrar la seva força física agafant fermament les dues cuixes de Rachel en l'aire.

Rachel estava completament desenganxada de terra, amb les mans penjant de la corda al sostre.

Els seus peus i talons s'agitaven salvatgement amb Samantha sostenint les seves cames.

"No lluitis", va dir Samantha, sostenint a la mestressa de casa en l'aire. "Com més barallis, més et farà mal. Rendeix-te a mi".

Samantha es va tirar enrere i va donar un altre forta empenta, empenyent el consolador més endins de el cony.

Les mans de Samantha van mantenir un ferm bloqueig en les cames de Rachel.

Rachel penjava en l'aire mentre la dominatrix la penetrava.

Elles estaven fotent.

Es van mirar als ulls.

Rachel plorava i gemegava.

Però ella mai li va dir a Samantha que s'aturés.

Ella no es va atrevir, però tampoc va voler.

Era part de l'entrenament, i començava a sentir-se plaent mentre el seu cos s'adaptava a la mida.

El seu cabell estava regirat, a l'igual que els seus peus.

Li agradava ser follar per Samantha.

El seu cos estava encès.

Les nines de Rachel feien mal.

La pell al voltant de les seves nines s'estava tornant d'un to vermell fosc mentre el seu cos penjava en l'aire.

Però el dolor en les seves nines no era res comparat amb la sensació que sentia el seu cony.

El gran joguina sexual estimulava uns els nervis dins del seu cony que ella mai va saber que existien.

Els empentes van continuar.

Ella va cridar i cridar.

Ella va plorar i plorar.

Ella va gemegar i gemegar.

"Corre't per a mi", va dir Samantha, mirant a la mestressa de casa amb plaer. "Corre't per a mi, vella puta bruta".

Rachel va empènyer els seus malucs.

"No sóc vella!"

Un orgasme travessar el seu cos.

Rachel va cridar a tot pulmó.

La seva esquena es va arquejar violentament.

Ella va llançar les sabates de taló alt cap a l'altre costat de l'habitació.

Els fluids de el cony de Rachel van esquitxar per tot arreu, deixant un treball seriós per a la senyora de la neteja.

Quan l'orgasme va disminuir, els ulls de Rachel es van tornar cap enrere i el seu cos es va relaxar.

Samantha va deixar anar la seva abraçada i Rachel va penjar en un estat gairebé defallida de la corda al voltant de les seves nines.

Samantha va baixar la corda i el cos semiconsciente de Rachel va jeure a terra en una piscina dels seus propis sucs calents.

Quan Rachel va poder obrir els ulls, va veure a Samantha traient la cotilla, quedant-se completament nua.

Rachel no va poder evitar envejar el perfecte cos nu de Samantha.

Samantha es va asseure a terra i va jugar amb el cabell de Rachel.

"Roger té sort de tenir una puta orgàsmica com tu", va somriure Samantha totalment nua.

"Mai m'havia corregut així abans. Mai".

"M'alegra poder haver-te servit per a això. Però recorda, sóc la dominatrix, tu ets la submisa. Això és per a mi plaer, no el teu. I fins ara, encara no m'he corregut".

Rachel va aixecar una cella.

"Què tens en ment?"

"Alguna vegada has menjat un cony?"

"No."

"Què verge ets en tot. Arrossega't cap a mi. Posa la teva cara entre les meves cames".

Rachel va fer el que se li va ordenar fer.

Es va arrossegar fins que la seva cara va estar a centímetres de el cony.

"Bésame els llavis", va ordenar Samantha, referint-se a la seva pròpia vagina. "M'encanta que em besin".

Rachel va obeir, besant la capa externa de el cony ben afaitat de Samantha.

"Lamelo com una paleta. Després fica la llengua dins com si no haguessis menjat en dies".

Rachel va seguir les ordres, llepant el cony i provant els fluids exteriors.

La seva llengua va sentir cada punt dels llavis.

Després va ficar la llengua dins, llepant i xuclant.

Era la primera vegada que menjava un cony, i es va adonar que sabia bé.

"Això està bé", va gemegar Samantha. "Segueix així. Segueix llepant com una bona gateta".

La mestressa de casa, un cop recatada, primitiva i adequada, s'havia convertit ràpidament en una experta menjadora de vagines.

Ella va llepar i xuclar amb entusiasme.

La seva llengua va acariciar amunt i avall.

Moments després, Samantha es va córrer i va llançar un crit agut.

Les seves cames van tremolar, després es va relaxar.

Els ulls de Samantha es van il·luminar.

"Déu meu. Qui podia saber que el podies fer de forma tan natural?"

Rachel va somriure i va recolzar el cap a la cuixa de Samantha.

"Saps bé".

"¿Això creus?" Samantha va preguntar retòricament.

Rachel va besar la cuixa de la dominatrix.

"Sí."

Les dues dones van continuar el seu moment de consol mutu.

Rachel va tancar els ulls i va tornar a recolzar el cap sobre la cuixa de l'dominatrix.

Samantha va mirar a la bella mestressa de casa i li va acariciar els cabells.

CAPÍTOL 14

Dies després.

Després de recollir el seu equipatge, Rachel empenyia un carret amb dues maletes a dins: una amb la seva roba normal, i l'altra la que Samantha li havia donat.

Ella va veure el seu marit esperant fora.

Es van tornar grans somriures.

Roger estava feliç de veure la seva dona tan bé bronzejada i relaxada.

Ell va córrer cap a Rachel.

Ella va aturar el carret i li va donar una gran abraçada sufocant.

Va ser un moment especial.

Ella volia que aquest dia fos un nou començament per al seu matrimoni.

"Et vaig estranyar molt", va dir Roger.

Rachel va acostar els seus llavis a la seva orella i li va dir: "Em duràs a casa i em amarrarás al llit de l'habitació. Després em vas a ficar la teva polla a la gola. I després em vas a follar. ¿Entès?"

Ell va retrocedir una mica per veure bé la seva dona, sorprès pel seu llenguatge brut.

Hi havia una brillantor especial als ulls de Rachel.

un fam

Una luxúria.

Roger es va adonar que la seva dona era una dona diferent.

Roger va assentir, acceptant la invitació.

Rachel va somriure i li va fer un petó.

FI

Don't miss out!

Visit the website below and you can sign up to receive emails whenever Erika Sanders publishes a new book. There's no charge and no obligation.

https://books2read.com/r/B-A-IGGS-XBNNC

BOOKS 2 READ

Connecting independent readers to independent writers.